KB091995

당신은 사랑입니다

김정원 시집

시음사
시사랑음악사랑

사랑을 시학으로 품은 김정원 시인

김정원 시인이 '은혜하는 마음, 사랑하는 마음 그리고 존경하는 마음을 세상에 화두로 던졌다. 그러면서 자신에 대한 자아존중감〈自我尊重感〉보다는 상대를 사랑의 배려와 포용하는 실천의 마음을 담아 "詩作"을 하고 그 결과물은 독자에 마음을 파고들게 한다. 시인은 시를 쓰고 독자는 그 의문점을 자신에게 맞추어 해석하는 것이 정답이라면 그 사유의 끈을 잡고 풀어 가는 것은 독자의 몫이다.

헤아릴 수 없는 아름다움의 깊이와 축적된 체험과 그 체험이 빚어낸 믿음이 곧 사랑이라는 것을 김정원 시인만의 시풍으로 살펴봄으로써 우리가 알고 있는 사랑에 대한 좁은 이해를 다시 한 번 생각해볼 기회가 될 것이다. 인간의 가장 기본적인 사랑을 시로써 표현한 기법은 김정원 시인만의 독특한 기법이다. 사랑의 철학적 기원에서 사랑의 방식에 대한 문학적 묘사를 시학으로 풀어내면서 현대인의 사랑에 대한 비판과 올바른 사랑의 방법에 이르기까지 김정원 시인은 표현하려 노력하고 있다.

김정원 시인의 제호 "당신은 사랑입니다"라는 사랑이 시적 발화가 되어 점묘법으로 그린 사랑을 보는 느낌이 들면서 살아 있는 담론으로 궁금함을 유발한 내용들이 신선하다. 여류작가의 섬세함으로 인간의 미묘한 심리 변화를 시적(詩的)감각의 묘사를 통해 감각적으로 그리고 있는 김정원 시인만의 독특한 화법으로 전개해 나가는 작품집을 추천하게 되어 기쁜 마음이다.

사단법인 창작문학예술인협의회 이사장 김락호

시인의 말

기대와 설렘보다는 걱정이 앞선다.
아직은 부족함이 많다는 걸
잘 알기에 며칠간
밤잠을 설치며 고심한 끝에
첫 개인 시집을 출간키로 했다.

내가 짓는 시(詩)는
대부분이 사랑을 주제로 쓴 글이다

가볍게는 연인 간의 사랑부터
부부간의 사랑, 친구와의 사랑 얘기까지,

사랑의 감정은 천 년 전이나
백 년 전이나
오늘 우리가 사는 현재에도
똑같은 감정을 지니고 있는 듯하다

단지 그 사랑을 얼마만큼
겉으로 표현하며 사느냐에 따라
사랑을 받는 사람과 주는 사람의
온도 차가 있을 뿐이다

미흡한 글이지만
이 시(詩)를 읽는 모든 독자의
마음속에 달콤한 사랑의 향기가
피어나길 소망한다.

시인 김정원

＃ 1부 단 하나의 사랑으로

2부 당신은 나의 반쪽

#3부 고마워요

#1부 단 하나의 사랑으로

어느새 내 삶 가운데
소중한 의미가 되고 주인공이 된 당신
내가 움직이는 모든 시간 속에서
항상 그림자처럼 함께 가는
당신은, 영원한 내 사랑입니다

그대라는 사람

눈 감으면 떠오르는 얼굴
세상에 다시 태어난대도
또다시 꼭 만나고 싶은
참 좋은 사람,
그대라는 사람입니다.

서로 마주 앉아
따뜻한 차 한 잔을 나눠도
소소한 행복의 미소를 짓는
내 소중한 사람,
그대라는 사람입니다

처음과 마지막 사랑이
하나의 사랑이 되길
무언의 말로 표현하는 사람,
내 안에 어여쁜 꽃으로 피어난
그대라는 사람입니다

사랑해서 미안해요

언제부턴가
내 가슴이 그대를
사랑하고 있습니다

안 그러려고 해도
자꾸만 그댈 향해 가는
내 마음을
붙잡을 수가 없어요

그대의 허락 없이
내 맘대로
사랑해서 미안해요

당신이 행복했으면 좋겠어요

어둠이 채 걷히지 않은 새벽녘,
당신의 하루가 시작되는
그 순간부터, 늦은 밤
지친 몸을 이끌고 잠이 드는
시간까지도, 날마다
당신이 행복했으면 좋겠어요

고된 삶에 지쳐 힘겨울 땐
잠시 가던 길을 멈춰 서서
청명하게 빛나는 파란 하늘을
한 번이라도 올려다볼 수 있는
작은 마음의 여유도
가질 수 있었으면 좋겠어요

당신이 어디에 있더라도
마음속에 있는 근심 걱정일랑
모두 다 바람결에 날려버리고
당신이 있어 내가 행복한 것처럼
당신도 나로 인해
언제나 행복했으면 좋겠어요

당신은 내 사랑입니다

오늘도 내 곁에서
해맑은 미소로 웃고 있는 당신에게
내 안에서 곱게 피어나는
사랑의 꽃다발을 당신 가슴에
한 아름 안겨드립니다

세월이 가도 늘 변함없이
따뜻한 사랑을 심어주는 당신에게
커피 향처럼 부드럽고
초콜릿처럼 달콤한 사랑을
두 손에 가득 담아 드립니다

어느새 내 삶 가운데
소중한 의미가 되고 주인공이 된 당신
내가 움직이는 모든 시간 속에서
항상 그림자처럼 함께 가는
당신은, 영원한 내 사랑입니다

행복은 내 곁에 있어요

행복이란
먼 곳에 있지 않았습니다

그대와 마주 앉아
차 한잔을 나누는 것도
내 마음은
언제나 행복했으니까요

내가 바라볼 수 있는 곳에
그대가 머물러 있음도
내 삶을
기쁨으로 채워줍니다

깊은 정(情)으로 피어난
우리들의 사랑처럼
행복이란 이름은
내 곁에 가까이 있습니다

영원히 당신과 함께

어여쁜 그 사랑
내 가슴에 안겨준 당신,
그런 소중한 당신에게
나는 이슬처럼 맑은 사랑과
하얀 백합처럼
순결한 사랑을 드리겠습니다

내 마음 모두를 담은
작은 행복도 드리겠습니다
하늘의 큰 축복 속에서
당신이 이 세상에 온 것처럼
나 또한 당신을 따라
같은 하늘 아래 태어났으니,

당신이 걸어가는
그 길 위에 언제나
함께 가는 그림자 되어
당신과 꼭 잡은 두 손
영원히 놓지 않는
그대의 동반자이고 싶습니다

내 소중한 사람

이 넓은 하늘 아래에
그대만큼
사랑하는 이 또 있을까요

처음 만난 순간부터
내 마음을
송두리째 사로잡아버린 당신,

이 세상 살아가는 동안에
그대만큼
그리운 사람 또 있을까요

오랜 기다림에도
지치지 않는 내 소중한 사람
참 많이 보고 싶습니다

당신은 유일한 내 사랑입니다

오늘도 설렘 속에서
행복의 미소를 지을 수 있는 것은
내 맘속에 조용히 자리한
당신이 있기 때문입니다

일편단심 당신을 사랑함이
나만의 욕심이 아닌
당신께도
똑같은 행복으로 느껴지길
바라는 나의 작은 바램입니다

사랑하는 사람이
늘 곁에 있다는 것이 이 얼마나
큰 행복인지를
당신을 사랑하면서 비로소야
알게 되었습니다

당신은
이 세상에 존재하는 단 한 사람
내 삶 속에서 영원히 사랑해야 할
유일한 내 사랑입니다

그대를 사랑해요

내가 그대를
사랑하는 것만큼
그대도 나를
사랑하고 있을까요

내가 그대를
그리워하는 것만큼
그대도 나를
그리워하고 있을까요

행여 그대의 마음이
나와 같지 아니할지라도
그대를 향해 달려가는
내 마음을
붙잡을 수가 없습니다

마주 보는 사랑

사랑은
서로가 같은 곳을
바라보는 것이라고
말합니다

나는
당신과 두 눈을
바라보는
마주 보는 사랑이
되고 싶습니다

오래도록
사랑의 눈빛으로
서로를 바라보며
감싸주는
행복의 길을
걸어가고 싶습니다

내 안에 당신을 담았어요

언제봐도 사랑스러운 당신을
내 안에 고이 담았어요

당신의 해맑은 미소와
다정한 목소리
따뜻한 마음까지도
내 마음에 차곡히 담았어요

나를 바라보는 눈빛과
내 손을 잡아주는
당신의 부드러운 손길이
내 가슴을 자꾸만 설레게 해요

내 눈에 보이는
당신의 모든 것을 내 안에 담았어요

이유를 묻지 마세요

내가 당신을 사랑하는데
당신을 좋아하는데
무슨 이유가 필요할까요

조건도 따지지 마세요
보고 있어도 보고 싶은
내 사랑 당신인데
어떤 조건이 필요할까요

바라만 봐도 행복하고
생각만으로도
기쁨이 넘치는데
다른 이유가 필요할까요

우리는 친구니까

우리는 친구니까
너에게
내 맘을 보여줄 수 있는 거야

때로는 힘겨운 삶의 무게로
모든 것을 포기하고 싶을 때도,
사랑하는 친구니까
서로를 보듬으며
따뜻하게 손잡아줄 수 있는 거야

너와 나는 친구니까
기쁨도 슬픔도
언제나 함께 나눌 수가 있는 거야
우리는 영원한 친구니까…

사랑이라 말하네요

잠시
머물다 가는
인연이라
생각했는데
어느새
내 마음이
그대를
사랑이라 말하네요

짧은
하루의 시간에도
수많은 사람과
옷깃을
스쳐 가지만
오직
그대만은
사랑이라 말하네요

행복을 주는 사람

언제부턴가
당신과 함께 보내는 시간이
나에게는 더할 수 없는
기쁨으로 내 가슴에 잔잔한
전율을 일게 합니다

특별하진 않아도
그냥 당신을 바라볼 수 있는
매 순간이 설렘이고
당신의 따뜻한 손 잡을 수 있음이
행복임을 느낍니다

머릿속에서
한순간도 당신의 존재를
잊은 적이 없고
내 영혼이 당신을 사랑하지
않을 때가 없습니다

수많은 사람 중에
오직 나만을 사랑해주는 한 사람
당신은 내 인생에
든든한 버팀목이 되어주는
고마운 사람입니다

한 마리의 새처럼

내 안에 잠자던
그리움의 조각들이
이른 아침
기지개를 켜듯
하나둘씩 깨어난다

온종일 두 눈에
아른거리는
네가 보고 싶어서
오늘도 습관처럼
먼 하늘을
바라보고 있노라면,

유유자적 하늘 위를
날아다니는
한 마리의 새처럼
내 마음도 새가 되어
너 있는 그 자리에
살포시 내려앉는다

나는 그대에게

나는 그대 곁에 있는
수많은 사람 중에 가장 소중한
한 사람이 되고 싶습니다

그대가 어느 곳에서
어떤 환경에 머무를지라도
그 중심은
내가 되었으면 좋겠습니다

누가 뭐라 해도
그대에게만은 보물처럼 귀하고
사랑받는 존재로 살고 싶습니다

비 오는 날의 우산처럼
나는 그대 곁에 없어서는 안 될
꼭 필요한 그대만의
예쁜 사랑이 되고 싶습니다

사랑은 그런 거다

사랑은 한 사람을 바보로 만들고
사랑은 한 사람을 울보로 만들고
사랑은 한 사람을 불치병 환자로 만든다

사랑은 한 사람만 바라보게 하고
사랑은 한 사람만 그리워하게 하고
사랑은 한 사람 때문에 아파하게 만든다

사랑은 눈에도 보이지 않고
사랑은 손에도 잡히지 않고
사랑은 마술처럼 마음을 움직이는 것,
사랑은 그런 거다

당신이 좋아요

왜냐고 묻지 마세요
아무런 이유 없어요
그냥 당신이 좋아요

언제부터였는지는
나도 몰라요
당신만 보면 괜스레
행복해져요

하루라도 안 보이면
보고 싶고 궁금해지고
내 마음이
당신을 좋아해요

예전엔 미처 몰랐습니다

언제나 습관처럼
먼 하늘을 바라보며 서 있는
내 가슴속에서
그대를 기다리는 애끓는 마음이
숨겨져 있었다는 것을
예전엔 미처 몰랐습니다

길을 걸어가는 연인들의
뒷모습을 바라보는 내 눈빛이
그대와의 행복했던 추억을
회상하는 아픈 그리움의
눈빛이었다는 것을
예전엔 미처 몰랐습니다

비 내리는 날 괜스레
주위를 둘러보며 누군가를
찾는 듯한 내 몸짓이 어디선가
나를 바라보고 있을 것만 같은
그대 모습을 찾고 있었다는 것을
예전엔 미처 몰랐습니다

한 사람이 있습니다

오늘처럼 옷깃을 여미는
추운 날에는 유난히도
보고 싶고
안부가 궁금해지는
그런 사람이 있습니다

전화를 걸어 목소리라도
듣고 싶지만
그마저도 용기가 없어
그저 먼 곳에서
안녕을 바라는 사람이 있습니다

아무런 생각도 나지 않는
텅 빈 머릿속에는
오늘도 진한 그리움에 갇혀
애태우는
한 사람이 있습니다

그대가 친구라서 좋아요

언제나
나를 믿어주고
아껴주는
그대가
내 친구라서
좋아요

이 험한
세상에서도
나를
사랑해주는
그대가 있어
내 마음이
얼마나
행복한지요

그대가
내 친구라서
좋아요

내가 보고 싶지 않나요

나 혼자만
그대가 보고 싶은가 봐요
그대는 내가 잘 있는지

어디가 아프지는 않은지
궁금하지 않은가요

나 혼자만
그대를 그리워 하나 봐요

우리가 함께 나눈
수많은 얘기도
그대는 모두 잊은 걸까요

그대는 내가
보고 싶지 않은가 봐요

비 내리면 걷고 싶다

비 내리는 날이면
작은 우산 하나
받쳐 든 채로 무작정
거닐고 싶은
그런 날이 있습니다

아무 말 하지 않아도
느낌만으로도 알 수 있는
그대와 둘이서 조용히
비 내리는 거리를
함께 걷고 싶어집니다

비가 내리면
산허리를 감싸 안은
하얀 운무처럼,
그대의 허리를 감싸고
쏟아지는 빗속을
하염없이 걷고 싶어집니다

아름다운 우리

누군가가 내 안에
자리하고 있다는 사실이
이토록 행복한 이유가 될 줄을
예전엔 정말 몰랐습니다

세상을 살아가면서
사랑하는 사람과 함께
같은 공간 속에서
마주하며 살아간다는 것
이보다 더 큰 행운이 있을는지요,

우리의 삶이 다하는 날까지
욕심 없이 사랑하고
서로를 배려하며
작은 일에도 감사할 줄 아는
아름다운 우리가 되기로 해요

당신을 알고부터

언제나 그랬듯
오늘도 눈을 뜬 순간부터
내 머릿속은
온통 당신 생각으로 가득합니다

이글거리는 태양처럼
뜨거운 가슴이 당신을 사랑하고
죽도록 보고 싶어 하는
내 마음이 당신을 그리워합니다

당신을 알고부터
매일 같이
내 속에서 메아리처럼 울려 퍼지는
애달픈 사랑의 외침입니다

단 하나의 사랑으로

부드러운 목소리에
호탕한 웃음이 매력적인 사람
언제나 나를 웃게 해주는,
당신은 내게 있어
너무나 고마운 사람입니다

누가 뭐라 해도
나 혼자만 사랑하고 싶고
나만의 사랑이 되어주길 바라는,
어느 한순간도
내 마음에서 떠나지 않는 사람

부질없는 욕심이라 할지라도
당신은 내 영혼 속에서
어여쁜 사랑 꽃으로
꽃피우고 싶은
단 하나의 내 사랑입니다

사랑의 유통기한

당신 가슴안에 예쁜 꽃으로
피어나는 사랑의 유통기한은
언제까지입니까

보고 있어도 보고 싶다 말하는
당신의 그 고귀한 사랑이란
어느 때까지 유효합니까

어느 날 당신의 마음속에
보이지 않는 미움의 싹이 움트는 날,
그날까지입니까

당신의 고운 입술로 내뱉는
마시멜로 같은 달콤한 사랑의
유통기한은 몇 날까지입니까

나에게 당신은

당신이 내게 어떤
의미인지 얼마나 소중한
사람인지 진정 모르셨지요
나에게 당신은 상상하는
그 이상의 귀한 존재임을
꼭 말해주고 싶어요

우리들의 만남에
수많은 시간의 눈물과
시련의 세월만큼
당신과 함께하는 이 순간을
나는 매일같이
하늘에 감사하고 있어요

바라만 봐도
눈물이 나도록 좋은 당신
그런 소중한 당신을
언제나 존중하고 배려하며
나보다 더 사랑할 수 있는
예쁜 마음 간직할게요

당신은 내 친구

내가 무엇을 좋아하고
싫어하는지를
눈빛만으로도 알고 있는
사랑스러운 당신을
나는 친구라 부릅니다

무슨 생각에 잠겨 있는지
어떤 고민으로 힘들어하는지
내 모든 것을 너무나
잘 아는 당신이기에
나는 친구라 부릅니다

표정과 목소리
작은 것 하나하나까지도
세심하게 신경을 쓰며
배려해주는 당신을
나는 친구라 부릅니다

당신이면 좋겠습니다

바쁠 때 전화해도
내 목소리 기쁘게 받아주고
내가 하는 얘기들에
함께 호응해주며
힘들 때는 언제라도 달려가
넓은 어깨에 기대어
위로 받고 싶은 한 사람
그 사람이
당신이면 좋겠습니다

비 내리는 날에는
진한 헤이즐넛 향기가
가득 풍기는 창 넓은
카페에 마주 앉아
부드러운 커피 향처럼
달콤한 사랑 얘기
나누고 싶은 한 사람
그 사람이
당신이면 좋겠습니다

처음처럼

처음 만난 그 날처럼
우리의 사랑만 가슴에 담고
그대는 오십시오

희망의 구름다리를 건너서
행복한 설렘만 가득 안고
그대는 오십시오

처음처럼 변함없는
우리의 믿음만 마음에 새기고
그대는 오십시오

언제나 당신 곁에

당신이 외로울 때
당신의 마음을 채워줄 수 있는
하나의 사람이 내가 되고,
당신 곁에서 웃어주는 사람도
나였으면 좋겠어요

다른 사람들의 눈에는
욕심 같아 보일 수 있겠지마는
나는 당신이 머무른
가장 가까운 곳에 서 있는
그림자가 되고 싶어요

당신의 환한 미소만 봐도
내 마음은 커다란 행복 속으로
빠져드는데, 굳게 닫힌
당신 마음은 너무나 두터워
열려 지지가 않네요

내 마음이 행복합니다

애잔한 눈빛으로
그댈 바라보는 내 가슴이
뜨거운 열병 속에
심한 몸살을 앓고 있지만,

그대는 나의 연인
나만의 소중한 사랑이기에
견딜 수 없는
고통의 순간에서도
내 마음은 행복합니다

잠든 영혼을 깨우고
강한 울림으로
내 심장을 박동케 한
유일한 한 사람

어느 곳에 있든지
그대 가슴에 내가 있듯이
내 가슴엔 오직
그대의 사랑이 있어
내 마음이 행복합니다

차 한잔 해요

넓은 창을 타고
흐르는 빗물처럼
진한 커피 향기에 젖어
잔잔한 목소리로
옛 추억을 노래하는
라이브 카페에서
우리 차 한잔 해요

가을을 닮은
조용한 음악과
어느 멋진 무명 가수의
부드러운 하모니가
잘 어울리는
분위기 있는 카페에서
우리 차 한잔 해요

내가 그대를 좋아해요

아직도 난
사랑이 뭔지 몰라요
그냥 그대를 좋아해요

잠시라도
그대 생각에 잠길 때면
철없는 아이처럼
웃을 수 있어서 좋고

어둠이 깃든
까만 밤이 찾아와도
그대 모습 꿈속에라도
볼 수 있으니 행복해요

나에겐 최고의 당신

우리가 처음 만난
그 날을
당신도 기억하시는지요,

내 눈에 비친 당신 모습은
누구보다도 진실하고
정말 믿음직한 사람이었어요

서로를 바라보며
수줍은 미소로
웃음 짓던 우리들의 첫 만남

이젠 곁에 없으면
나도 없을 만큼 내겐 너무나
소중한 존재가 되어버린 당신

이 세상의 모든 금은보화를
다 준다 해도 내게 최고의 보물은
늘 내 곁에 있어 주는 당신입니다

2부 당신은 나의 반쪽

당신이 내게 준 사랑은
언제나 이렇듯 내 가슴을 설레게 해요

당신은 영원한 나의 반쪽,
이 세상 모든 꽃이 다 진다 해도
당신을 향해 피어나는
내 안에 사랑 꽃은, 영원불변할 테니까요

당신이 있기 때문입니다

매일 아침
이 시간을 기다리는 것은
당신을 만날 수 있는
나만의 행복한
설렘이 있기 때문입니다

예쁜 눈웃음으로
반가이 인사를 나누고
밤새 안녕을 물어주는
당신이 있기에
나의 하루는 기쁨입니다

오늘도 변함없이
내가 여기에 와 있는 것은
보고 또 봐도 보고 싶어지는
사랑스러운 당신이
이곳에 있기 때문입니다

빗소리

모두가 잠든 조용한 새벽
세상을 깨우듯 뿌려대는
요란한 빗줄기 소리에 놀라
비몽사몽 잠에서 깨었습니다

언제나 그랬듯
오늘도 새벽에 눈을 뜬
내 머릿속에는 온통
당신 생각으로 가득합니다

이른 새벽 나를 깨운 것도
세차게 뿌려대는 빗줄기가 아닌
당신의 향기 속에 젖어 있는
내 안에 그리움이었습니다

참 고마운 당신입니다

이 넓은 하늘 아래
그대만큼
사랑하는 이 또 있을까요

처음 만난 순간부터
내 마음을
송두리째 사로잡아버린 당신

이 세상에
그대만큼
아름다운 사람 또 있을까요

오랜 기다림도
지치지 않는 내 소중한 사람
참 고마운 당신입니다

둘이라서 행복해요

힘들 땐
내 얘기를 들어주는 사람이
곁에 있어서 좋고

기쁠 땐
마주 보며 환한 웃음
나눌 수 있어서 좋아요

혼자는
늘 외로움이 친구가 되지만
둘이라서 행복해요

내 임에게 전해 주렴

바람아,
구름아,
이 넓은 하늘 아래
어느 동네에 살고 계실
내 임에게
애달픈 내 사연 전해 주려무나

하루,
또 하루,
기약 없이 떠난 임을 그리워하는
어느 슬픈 사랑이
애타는 가슴으로
임의 소식
기다리고 있다, 전해 주려무나

그리움,
보고픔,
긴 세월을 가슴에 안은 채
아직도 놓지 못한 미련 때문에
눈물짓는 한 사람이
지금 여기에 머물러 있음을
내 임에게 전해 주려무나

당신을 사랑하기에

당신을 기다림이
뼈를 깎는
고통의 시간이 된다 해도
괜찮습니다

애태우며 그리워하는
내 심장이
까맣게 타버린
숯덩이가 된다 해도
괜찮습니다

당신을 사랑한 이유가
내 두 뺨을 적시는
마르지 않는
눈물이 된다 해도
괜찮습니다

내 진정
당신을 사랑하기에

멀어져간 사랑

손을 뻗어 잡으려 해도
잡히지 않는 바람 같은 사랑

한 발자국 다가서면
두 발자국 더 멀어져 가는
그림자 같은 사랑

애달픈 그리움마저도
바람에 날려 흩뿌려진 사랑

너와 나의 사랑은
허공에 떠도는 먼지가 되어
영원 속에 잠이 든다

당신이 보고 싶어서

오늘은 우리가 함께 거닐던
그 바닷가를
나 홀로 걸었습니다

우리가 그랬던 것처럼
은빛 모래사장에 앉아
행여 누가 들을세라 귓가에
소곤대는 연인들의 사랑 얘기가
너무나 향기롭게 느껴집니다

오늘처럼 사무치도록
당신이 그리워지는 날에는
잠시 모든 것을 내려놓은 채
당신과의 행복했던 추억을 찾아
먼 길을 떠나고 싶습니다

해바라기 사랑

이 세상
단 하나의 사랑으로
그대 곁에
영원히
머물고 싶습니다

캄캄한 밤
달빛 아래에 홀로
피어 있는
한 송이 외로운
꽃이 된다 할지라도

내 가슴은
오직
한 사람을 바라보는
해바라기
사랑이 되고 싶습니다

동행

나, 당신하고 둘이서
어둠이 내리는 밤거리를
함께 걸어보고 싶어요
하루 한 계단 한 계단씩
행복의 계단도 오르며
당신의 다정한 목소리로
불러주는 사랑 노래에
오래도록 간직할 수 있는
추억의 페이지도 한 장씩
그려가고 싶어요

집 앞에는 둥글게 엮은
낮은 울타리를 만들어
화려한 꽃보다는
은은한 향기를 품고
피어나는 들꽃으로
예쁘게 단장도 하고
작은 천국의 사랑을 그리며
당신과 마지막까지
두 손 놓지 않는 영원한
사랑이 되고 싶어요

당신은 나의 반쪽

나풀나풀 꽃을 찾아 날아가는
노랑나비도,
살랑살랑 꽃향기를 품고 불어오는
봄바람도, 모를 거예요

당신을 사랑하는 내 마음은
그 어떤 말과 글로도 표현할 수 없어요

아무리 먼 곳에 있다 해도
늘 곁에 머물러 있는 사람처럼

당신이 내게 준 사랑은
언제나 이렇듯 내 가슴을 설레게 해요

당신은 영원한 나의 반쪽,
이 세상 모든 꽃이 다 진다 해도
당신을 향해 피어나는
내 안에 사랑 꽃은, 영원불변할 테니까요

내 마음이 보이나요

오로지
한 사람 밖에는
사랑할 줄 모르는
내 마음이
그대 눈에도
또렷이 보이나요

눈을 떠도
눈을 감아도
그대의 생각 속에만
젖어 있는
아이 같은 내 마음이
그대도 보이나요

사랑해

아무런 색깔도 없고
진한 향기도 없이
무색 무향 속에 꼭꼭 숨어
보이지 않는 보물

한순간도 내 안에서
떠나지 않고
늘 그 자리에 머물러
별처럼 반짝이는 보석

내 소중한
한 사람에게만 살짝이
들려주고 싶은
꿀물처럼 달달한 언어

사랑해

매 력

두 눈에
보이지는 않지만
당신에게는
무엇엔가 이끌려가듯
내 마음을 사로잡는
특별한 매력이 있어요

콕 찍어
말할 순 없지만
당신에게는
오묘한 향기 속에
젖어들게 하는
누구도 가질 수 없는
신비한 매력이 있어요

당신
참 멋진 사람입니다

그대 웃어요

그대 힘든가요
살아가면서 어찌 좋은 일만
있을 수가 있겠는지요
그대 웃어요

서로의 따뜻한 말 한마디에도
행복의 꽃을 피우는 우리잖아요
내일의 아름다운 꿈을 꾸며
같이 걸어가요

그대 이젠 웃어요
그대가 환하게 웃고 있을 때
나도 웃을 수 있고
내 마음도 행복해져요

아름다운 선물

상쾌한 아침
눈을 뜨면 들려오는
새들의 노랫소리는
하루를 열어주는
아름다운 선물입니다

사랑하는 임
언제나 내 맘속에 머물러
날마다 기쁨을 주는 것
당신이 내게 주는
행복한 선물입니다

생각만으로도
입가에 미소를 짓게 하는
사랑스러운 당신은
나에겐 가장
소중한 선물입니다

내 사랑은

갈색 커피의
부드러운 향기처럼
진한 그리움으로
행복을 주는
가을을 닮은 내 사랑

하루에도 여러 번
내 곁에 찾아와 싱그런
꽃잎 향기로 달콤힌
사랑을 속삭여 주는
솜사탕 같은 사랑

내 사랑은
이 세상에 존재하는
단 하나의 사랑
보물처럼 꼭꼭 숨겨져
보이지 않는 사랑입니다

단 한 사람

알고 있을까요

이 세상 누구보다
귀하고 소중한 한 사람
그대라는 것을

뜨거운 찻잔 속에서
몽글몽글 피어오르는
커피 향처럼

부드러운 향기로
내 마음을 사로잡은
단 한 사람

오직 그대라는 것을

친구 같고 연인 같은 사람

나는 왜 이렇게 당신이 좋을까요
당신만 보면 아무런 이유도 없이
마냥 행복에 젖어듭니다

때로는 다정한 친구 같고
때로는 사랑하는 연인 같은 사람
내 곁에 있는 당신이 정말 좋아요

가끔은 누군가 이런 내 마음을
질투할까 봐
두려울 때도 있습니다

비 내리는 날에는
빗속에 젖어 당신을 생각하고
눈 내리는 날에는
솜사탕처럼 소복이 쌓여가는
하얀 눈을 보며
당신을 그리워합니다

그대 곁에 머물 수 있다면

그대 곁에 머물 수 있다면
한 송이 꽃으로 피어나
그대에게 진한 향기를 전해주는
어느 이름없는
들꽃이 되어도 좋겠습니다

그대 곁에 단 하나의 사랑으로
머물 수 있다면
한 줄기 바람 되어 그대 이마에 맺힌
땀방울을 닦아주는
소슬바람이 되어도 좋겠습니다

그대 곁에 머물 수 있다면
한 그루의 나무가 되어
그대의 지친 몸을
쉬게 해줄 수 있는
시원한 그늘이 되어도 좋겠습니다

내 사랑아

눈 부신 햇살에 숨어
살며시 내 안에 들어오는
다정한 얼굴 하나
비록 만날 수는 없지만
세월이 갈수록 그리움에
눈물이 나는 사랑아!

바쁜 하루의 시간 동안
내 맘에 몇 번이나 다녀갔는지,
행여 보고 싶다 말하면
끝내 울어버릴까 봐
아무런 말도 하지 못한 채
돌아서는 애달픈 사랑아!

백 년이 지난다 한들
가슴에 새겨진 당신 모습을
지울 수 있을까,
생의 마지막 끝날까지도
영원히 잊을 수 없는
보고 싶은 내 사랑아!

그리움으로 부르는 사랑

삶이 다하는 날까지
내 모든 걸 다 준다 해도
그대를 사랑하기엔
너무나 부족한 사랑입니다

가슴이 터질 듯 뛰고 있는
뜨거운 내 심장처럼
붉은 노을 속에
그리움으로 피어난 사랑

눈을 감아도 보고 싶어,
가슴 저미는 하얀 그 얼굴을
하루 같이 그려보는
그대, 나의 사랑입니다

당신 뿐이기에

어떻게 하죠?
나,
바보가 된 것 같아요
사랑하면
바보가 되나 봐요
내 머릿속은 온종일
당신 생각뿐
다른 일을 할 수가 없네요
나에겐 당신뿐이기에

내 사랑

있잖아요!
아주 오래전부터
나는 알고 있었어요
당신이
내 사람이라는 것을요

잠깐의 아픈
이별도 있었지마는
다시 꼭
만날 거라는 것을
나는 굳게 믿고 있었어요

처음부터
당신은
내 사랑이었으니까요

너의 마음을 보여줘

너의 마음을 내게 보여줘
나를 향한 네 마음이
지금 어디까지 와 있는지
내가 볼 수 있게 열어줘

사랑한다는 고백마저도
무의미한 웃음으로 답하는
너의 모습이 또다시 내 가슴에
지울 수 없는 상처를 남긴다

언제나 진실이라 말하며
내뱉는 너의 얘기들을
더는 믿지 못하는 나에게
너의 그 마음을 보여줘

그대는 나만의 사랑

처음 본 순간
내 마음을 빼앗아간 그대
보고 또 봐도 좋은 사람

하루 이틀 시간이
흐를수록 더욱 깊게 새겨지는
보고 싶은 유일한 사람
그대는 내게 웃음을 주고
그대는 내게 행복을 주며
그대는 내게 그리움을 주는 사람

멀리 떨어져 있어도
언제나 곁에 있는 사람처럼
내 가슴에 설렘으로 다가오는
그대는 나만의 사랑

그대는 알까요

전화기 너머로
들려오는 그대의
나지막한 목소리에도
콩닥콩닥
떨리는
이 가슴을 그대는 알까요

저 멀리서 보이는
그대의 작은 형상에도
설레는 맘을 가눌 길 없어
강한 울림으로
요동치는
내 심장을 그대는 알까요

사랑아(2)

사랑아!
살랑살랑
봄바람에 실려 오는
향긋한 꽃향기처럼
우리들의 사랑
파란 하늘가
두둥실 떠가는 흰 구름에 싣고
먼 산 끝에 해 기울 적엔
활화산처럼 타오르는
붉은 노을이 되자

사랑아!
촉촉이 내리는
빗물 속에
가슴 시린 그리움일랑
모두 다 씻어 내리고
우리의 깊은 정이
연둣빛 사랑으로 물들 적엔
꽃과 나무가
아름드리 자라나는
푸른 꿈동산을 만들자

당신은 그런 사람

누가 뭐래도
내 마음이 허락한 당신은
영원토록
사랑하고 싶은 사람

웃는 얼굴엔
고운 정이 깊게 스며드는
참으로
가슴 따뜻한 사람

척박한 땅에서도
아름답게 피어나는 들꽃처럼
예쁘게 사랑하고 싶은,
당신은 그런 사람

행복한 풍경

이른 아침
창가를 서성이는 눈부신
햇살에 비춰
부스스 눈을 뜹니다

창밖에서 들려오는
새들의 노랫소리와
아카시아 꽃의
진한 향기를 싣고 찾아온
부드러운 바람의 숨결

하루를 시작하며 맞는
이 모든 것들은
그대가 곁에 있기에 느낄 수 있는
행복한 풍경입니다

참 좋은 당신을 만났습니다

파란 하늘 뭉게구름 속에도,
바람결에 흩날리는 예쁜 꽃잎에도,
해맑게 웃고 있는
당신의 모습이 보입니다

먼 산 끝에 걸터앉아
그리움을 토하는 석양빛에도,
까만 밤을 환하게 밝히는
둥근 달님의 얼굴에도,
사랑스러운 당신이 보입니다

눈을 감아도 떠오르는
오직 단 한 사람,
늘 생각만으로도
내 마음에 행복을 채워주는
참 좋은 당신을 만났습니다

그 사람이기 때문에

하루에도 몇 번씩
숨겨진 내 맘을
고백하고 싶은 사람이 있습니다

가까이 조금 더 가까이
다가가고 싶은
그런 사람이 내 곁에 있습니다

아무런 이유 없이
아무런 조건도 없이
그 사람이기 때문에
그 사람이어야만 하기에
사랑할 수밖에 없는 한 사람이
내 안에 있습니다

그대라서 좋아요

어느 순간
내 맘에 조용히 들어와
기쁨과 행복을 주는 사람이
내가 사랑하는
그대라서 좋아요

아무 때라도
머릿속에 떠올리며 살며시
미소 지을 수 있는 한 사람이
나를 사랑해주는
그대라서 좋아요

누구도 모르게
내 가슴에 몰래 숨겨둔 채
예쁜 사랑 느낄 수 있는 사람이
마음이 따뜻한
그대라서 좋아요

4월이 가져다준 선물

라일락 꽃잎이 온 세상에
꽃비 되어 내리던 날,
새색시처럼 수줍은 가슴에
몰래 들어온 어여쁜 사랑

길가에 옹기종기 피어난
작은 꽃 한 송이의
눈맞춤에도
달콤한 사랑의 싹을 틔우고

살며시 얼굴을 스치며
지나가는
부드러운 바람결에도
입가엔 행복의 미소를 띤다

살랑살랑 꽃향기에 실어
4월이 가져다준 고귀한 선물
그대라는 이름의
아름다운 사랑입니다

그대는 알까

시도 때도 없이
보고 싶고, 생각나고

지금은
무엇을 할까 궁금하고

항상
그대와 함께 있고 싶은

어린아이 같은 내 맘을
그대는 알까

죽을 만큼
그대를 그리워하고

어디가
아픈 곳은 없는지 걱정되고

이렇듯
그대 곁에만 머물고 싶은

간절한 나의 소망을
그대는 알까

나였으면 좋겠다

부끄러워하지 마,
사랑은 좀 유치해도 괜찮아

어느 날 길을 걷다가
문득, 너의
그 유치한 말이 생각이 나서
혼자 피식 웃게 될 때도
나는 행복할 것 같아

누구보다 너와 단둘이 있을 때
가장 행복해하는 내 마음 알지?

너를 사랑하기 때문에
너만 보면 바보처럼 웃게 되고
너를 사랑하기 때문에
나는 언제나 네가 행복해하는
모습이 보고 싶은 거야

내 사랑이 너만 바라보는 것처럼
너의 사랑도 나였으면 좋겠다

마주 보는 우리 사랑

오늘도 같은 공간 속에서
당신을 바라보는 내 눈빛은
처음 당신을 만난 그날처럼
언제나 똑같은 사랑의 마음입니다

내 귓가에 속삭이듯 들려주는
당신의 사랑한다는 말 한마디가
나를 이토록 행복한 꿈속으로
퐁당 빠져들게 해요

세월이 흘러 당신의 넓은 이마에
잔주름이 깊이 파인다 해도
우리, 서로 마주 보는 사랑으로
변치 않는 사랑이면 좋겠습니다

당신은 사랑입니다

내 가슴에
햇살처럼 따스하게 스며드는
당신은,
밤하늘에 별과 같이 빛나고
꽃보다 아름다운
사랑입니다

죽을 만큼
보고 싶고 그리워지는 날,
작은 전화기 너머로
다정하게
내 이름을 불러주는 당신은
사랑입니다

만날 수 없기에
더욱 안타깝고 애달픈 그 마음을
샛바람에 실어,
흰 구름에 얹어,
내 곁으로 보내는 당신은
사랑입니다

♯ 3부 고마워요

이 세상에서
당신 만큼
나를 사랑해주는 이가
또 있을까요,

언제나
한결같은 마음으로
내 곁에서
힘이 되어주는 당신
고마워요

내 마음이 말해요

당신을 사랑한다고
당신을 좋아한다고
내 마음이 말해요

당신이 있어 행복하다고
당신만이 내 사랑이라고
내 마음이 말해요

당신은 내 삶의 전부라고,
날마다 당신을 그리워하는
내 마음이 말해요

그냥 곁에만 있으면 돼요

굳이 사랑한다는 말로
내게 표현해주지 않아도 괜찮아요

내가 바라는 것은
당신이 내 곁에 머물러주는 거예요

사랑하는 내 마음을
그냥 모른 척 눈감아도 괜찮아요

지금 그 자리에서
더는 멀리 떨어지지만 않으면 돼요

꽃잎은 여린 실바람에도
갈대처럼 주저 없이 흔들리지만,

당신을 사랑하는 내 마음은
태풍이 몰아친대도 흔들릴 수 없어요

당신은, 하늘처럼 바다처럼
언제나 그 자리에 있어만 주면 돼요

보고 싶은 사람

계절은 돌아서
다시 또 그 자리
세월이 흘러도
머릿속에는 더욱 또렷이
생각나는 보고 싶은 사람

행여 꿈에라도 찾아올까,
밤마다 잠 못 이루며
하루같이 기다려지는 사람

오늘은 소식이 오려나
온종일 전화벨 소리에
귀 기울이지만
여전히 무소식을 전하는
야속한 사람

애타는 이 마음을
아는지 모르는지 아무런
기별도 없는 무정한 사람

나였으면

그대가
바라보는 사람이
지금 여기에 서 있는
나였으면,

그대가
사랑하는 사람이
늘 그리움에 보고 싶어 하는
나였으면,

그대의
가슴에 숨겨진 사람이
언제나 애달픔 속에 기다리는
나였으면,

오늘도
그대의 생각 속에
머무른 사람이 이 세상 누구도 아닌
바로 나였으면

사랑한다는 말은 못합니다

그대에겐 내 마음의
전부를 다 주었지만, 정작
사랑한다는 말은 못합니다

이런 내 마음이
행여 그대에게 짐이 될까 봐
두렵고 무거운 마음이 앞섭니다

그대는 내 삶 속에서
언제까지나 변함없이
사랑하고 싶은
참으로 귀한 한 사람입니다

늘 가슴 시리도록 사랑하고
애타게 그리워하지만,
그대에게 사랑한다는 말은
차마 하지 못합니다

늘 처음처럼

늘 처음처럼
그곳에 있어 주면 좋겠다

백 년이 지난 후에도
변함없이 그 자리에 서 있는
푸른 소나무와 같이

한결같은 모습 그대로
나를 지켜주는
당신이었으면 좋겠다

언제나 지금처럼
내 옆에 있어 주면 좋겠다

이 세상의 모든 것이
다 변한다 해도
내가 사랑하는 당신만은

늘 처음처럼
그곳에서 영원히
머물러 주었으면 좋겠다

재회

그날에
당신과 내가 흘렸던
아픔의 눈물은
우리의 사랑이 끝나는
마지막 이별의 흔적은
아니었습니다

그것은
우리가 잠시 헤어져
서로에 대한 사랑을 더욱
간절히 원하고 있음을
가슴으로 느끼고 싶었던
이유에서였습니다

지금
우리가 나눈 재회의 기쁨은
그날의 흘렸던 눈물보다도
더 뜨거운 빗물이 되어
알알이 익어가는 세월 속에
영원한 사랑으로 적셔줄 겁니다

정말 미안해

당신을 사랑한다고
매일 같이 입술이 닳도록
고백을 하면서도
정작 당신이 힘들어할 때는
무엇 하나 해줄 수 있는 게 없어서
정말 미안해

내 목숨보다도
더 많이 당신을 사랑한다고
수없이 내뱉었던 말들이
한순간 물거품처럼 사라져버린
허상이 된 것만 같아서
정말 미안해

곁에 없으면 단 하루도
살 수 없다고 매 순간 되새김했던
수많은 시간도 당신이 고통 속에서
뜨거운 눈물을 흘릴 적에는
그저 먼 곳에서 지켜볼 수밖에 없어서
정말 미안해

라일락 꽃향기 날리면

넓은 정원에
두 손 꼭 쥐듯 가지런히
피어난 보라 빛깔 꽃송이
수줍은 듯 살며시 미소를 띤다

싱그러운 꽃잎 향기
하늘가에 날리오면 아직도
젊은 날에 기억 찾아
행복한 여행길을 떠난다

어느새 빛바랜 시간 속에
퇴색된 추억만 간직한 채
굽이굽이 먼 길 걸어 돌아온
내 삶의 흔적을 밟는다

고마워요

괜한 투정으로
당신 마음 힘들게 할 때나

생각 없이 내뱉은
말 한마디로
당신 가슴에 깊은 상처를
안겨줄 때도
애써 웃음 지으며
따뜻하게 안아주는 사람

이 세상에서
당신 만큼
나를 사랑해주는 이가
또 있을까요,

언제나
한결같은 마음으로
내 곁에서
힘이 되어주는 당신
고마워요

가로등

어두운 밤을 꼬박 지새우고
새벽 찬 서리 맞기까지
홀로 외로이
누구를 기다리는가

바람에 나부끼는
마른 나뭇가지 사이를 빚고
창가를 서성이는
가로등 빛이 애처롭다

하얀 달빛이 내려앉은 가을밤
매일 똑같은 모습으로
좁은 골목길을 지키고 서 있는
고독한 그림자

날이 새도록 누군가를
기다리는 가로등 불빛이
기약 없이 떠난 임을 기다리는
쓸쓸한 내 모습을 닮았다

내 맘 나도 몰라

어떻게 표현을 할까
어떻게 해야
내 안에 감춰진 그리움이
너에게 전해질 수 있을까

답답하고 애가 타는
못난 내 사랑이
어떻게 하면 너의 가슴에
닿을 수가 있을까

이런 내 맘 나도 몰라,
오늘은 그냥
네가 죽을 만큼 보고 싶다

그날처럼 비 내리는 날

톡톡 창문을 두드리는
빗방울 소리가
조용히 나를 찾아온
너의 발걸음 소리면 좋겠다

세차게 쏟아지는 빗줄기는
내 안에 잠재워 놓은
하얀 그리움마저도
한순간에 헝클어버린 채
휩쓸고 지나간다

엊그제만 같은
너와의 추억도 빗물처럼
흘러가는 세월 속에
어느새 잊힌 과거가 되고
추억이 되어 버렸다

그날처럼 온종일
비 내리는 날,
너와 함께 걸었던 이 길을
오늘은 나 홀로
뚜벅뚜벅 걸어간다

잊히지 않는 이름

그대 잘 있나요

나와 같은 하늘 아래에
어디에선가
그대, 행복하게
잘 지내고 있는 거 맞죠?

잊힌 듯
잊히지 않는 이름 세 글자

어느 날 견딜 수 없는
그리움으로
그대가 정말 보고 싶어질 때는

지나가는 바람이라도
붙잡은 채, 그대의 안부를
묻고 싶었습니다

잃어버린 사랑

추적추적 내리는 빗줄기는
긴 세월
온몸으로 숨겨 놓은
애달픈 그리움을
어둠 속에 눈물로 쏟아내는
무색의 그리움이다

어디쯤에선가
나를 기다려 줄 것 같은
내 임 모습을 그리며
비 내리는 밤거리를
홀로 거니는
내 발걸음이 처량하다

사랑을 잃어버린 가슴은
오늘도 추억 속에
임을 찾아 달려가지만,
그리움도 보고 싶음도
이젠 모두 차갑게 외면해버린
고달픈 상처뿐이다

너는 모르지

왜 이토록
혼자서
아파하고 있는지
너는 모르지

유수같이 흐르는
세월 속에서도
내 안에 담긴
너의 모습을
지우지 못하는 나를
너는 모르지

단 한 번이라도
너의 진실을 바랐던
내 간절한 마음을
너는 모르지

상처

치유할 수 없는 상처에
죽을 만큼 아팠고
사방이 막힌 어둠 속에서
몇 날 며칠 밤 눈물샘이
마르도록 울었다

길고 긴 고통의 시간은
나 혼자만의 원맨쇼에
불과했을 뿐
세상 누구도 모두가
구경꾼들뿐이더라

서러움에 흐르는 눈물을
닦아 주는 이 없었고,
피고름 나는 내 상처를
싸매주는 이도
내 곁에는 없더라

외로운 현실을 벗어나려
힘겹게 몸부림치던
내 작은 몸뚱어리는
긴 세월 만신창이가 되어
이 자리에 홀로 서 있다

젊은 날의 초상

어느 날 문득
머릿속을 어지럽게 헝클은
지난날의 나의 꿈들이
오랜 세월 켜켜이 쌓아놓은
추억 속에 그리움을 찾아
빛바래진 낡은 일기장을 펼친다

유수와 같이
빠르게 흘러가버린
시간 속에서, 고달픈 흔적만을
가슴에 안은 채 달려온
내 모습이 너무나 안타까워
긴 밤을 눈물로 지새운다

굳이 애쓰지 않아도
아침이 되면 타오르는 햇살에
사라지고 없어질 하얀 이슬처럼
내 젊은 날의 초상은
한순간 먼지 되어 날아가는
허망한 꿈이었을까

어머니

먼동이 트기도 전에
두 눈 비비시며
흩어져 있던 옷가지를
주섬주섬 챙겨 입으시고
바쁜 걸음 재촉하시던 어머니

그때는 그 모습이
너무나 당연한 것으로만
여겨졌었고, 또 그렇게
살아가시는 것이 어머니의
숙명[宿命]이라 생각했습니다

이제 와 가슴을 치고
통곡한들 어머니의 고단했던
인생길을 백분지 일이라도
감히 위로해 드릴 수가
있겠는지요,

못난 여식은 무엇으로도
다 갚아드릴 수 없는
어머니의 숭고한 사랑 앞에
오늘도 소리 없는 눈물만
삼킬 뿐입니다

모정의 세월

바람처럼 구름처럼
덧없이 흘러가 버린
모정의 세월

어느 날부터인가
아기의 등에 업혀 잠이 든,
새털처럼 가벼운 아기

유수 같은 세월에 밀려
그 옛날 아기가
어른이 되어 엄마를 업었다

반백이라는
서러운 세월 속에서
힘겹게 걸어온 삶의 굴레

그 모습이 안타까워
차마 바라보지 못하고, 뒤돌아
눈물을 훔치며 아기를 어른다

그리움은 비가 되어 흐른다

가슴에 여울진
고단한 내 사랑이
세차게 내리는 빗줄기 속에
그리움이 되어 찾아든다

보고 싶어도
볼 수 없는 내 임 모습,
잔잔히 흐르는 음률처럼
내 안에
차가운 빗물로 흘러내리고

보내지 못하는
안타까운 미련은
무심히 흘러가는 세월 속에
슬픈 사랑의 멜로디로
내 가슴을 흠뻑 적신다

그대 만날 수 있을까

그리움 한 가닥 끌러 않고
실타래 감듯 돌고 돌다 보면
내 가슴에 깊이 묻어둔
그대 소식 들을 수 있을까

긴 세월에 감춰진
내 작은 삶에 보따리 찾아
굽이굽이 인생길 걷다 보면
그대 있는 곳 닿을 수 있을까

바람에 실려 가는 구름 따라
자갈밭 지나고 꽃길도 지나고
어느 길모퉁이 돌아서면
보고 싶은 그대, 만날 수 있을까

세월의 흔적

길고 긴 인고의 세월 속에도
패이고 깨어진 상처는
가슴 깊은 곳까지 뿌리를 내려
흑백 필름처럼
아련한 기억으로 떠오른다

어떤 명약이 치료되겠는가,
순간순간 밀려드는
세월에 찢긴 몸부림은
용광로 같은 뜨거운 불꽃 사랑도
품어주지 못한다

치유될 줄 모르는 세월의 흔적은
아직도 내 속에 그대로 남아
깊이 뿌리 박힌 파편들로
내 가슴을 구석구석 도려내는
고통을 안겨준다

지독한 외로움과 싸워야 하는
잠 못 이루는 밤,
지난 세월에 아픈 흔적들을
어느 누가 아름답다 말하며
사랑이라 감싸 안을 수 있을까

그리움

언제부터였을까
해 질 무렵이면
찾아드는 알 수 없는
이 외로움은

그대를 향해 끝없이
몸부림치는
내 안에
그리움 때문일까

오늘도 나는
그리 길지 않은 몇 글자의
시를 지어
임 계신 곳에 띄워 보낸다

사랑과 이별

너를 만나 사랑하고
너로 인해 행복했던
수많은 시간들

이제는
너 때문에 아파하는
어리석은 내 모습

사랑과 이별은
한 끗 차이
영원함이란 없더라

타인

어두운 밤
창문을 부딪치며
뿌려대는 세찬 빗줄기는
어느 날
타인처럼 냉정하게
돌아섰던
그대의 마음을 닮았습니다

사무친 그리움도
뒤로 한 채
차갑게 쏟아지는
빗속으로
안개처럼 사라져 간
매정한 사람

그대 떠난 빈자리에
우둑하니 서서
넋이 나간 듯
하늘만 바라보던
그 날의 아픈 기억을
이젠 모두다, 빗물에 씻기어
세월 속에 흘려보냅니다

타인 (2)

그대 눈에는
안 보이나 봐요
내가 이렇게
가까이에 서 있는데,
무심히 스쳐 지나가는
그대의 뒷모습이
타인처럼
낯설게만 느껴져요

가을이 떠나는 길

작별은 또 다른 만남을 기약하며
인생길에 늘 함께 가는
소슬바람 같은 동반자로
기나긴 상념에 지울 수 없는
고독한 그림자만 드리운다

인기척 없는 텅 빈 거리는
쓸쓸히 나뒹구는 가녀린 낙엽만이
화려하게 장식하고 떠난
한 계절의 흔적을 말해주고 있다

가끔 스쳐 지나는 바람 소리마저도
자연의 목마름은 채우지 못한 채
회색 도시를 밝혀주는
화려한 네온사인 불빛만이
타는 갈증을 대신해줄 뿐이다

가을 연가

낙엽이 내려앉은
쓸쓸한 거리
두 손 꼭 잡고 걸어가는
여인들의 모습이
어느 유명 화가의 그림보다
더욱 아름다운 풍경이다

곱게 새 옷으로
갈아입은 단풍잎이
벤치를 자리하고 앉아 있으니
오가는 사람들의 작은 손끝에서
한 장 한 장 책갈피 속으로
포근한 안식처를 찾아간다

계절의 쓸쓸함을 위로하듯
동네 어귀 길모퉁이에
손수레로 만들어진
작은 이동식 포장마차에는
저들만의 외롭지 않은
얘기 속에 행복을 꽃피운다

또 하나의 그리움

먼 곳에 있더라도
당신을 향한 내 마음을
바람에라도
전할 수만 있다면
지금처럼 내 사랑이
외롭지는 않겠습니다

내가 갈 수 있는 곳에
당신은 머물지 못할지라도
바람이 전하는
애달픈 내 사랑을
당신 가슴이
느낄 수만 있다면,

하늘 끝에 달린
또 하나의 그리움은
당신과 나의 소중한
사랑의 열매로 잉태되어,
우리의 또 다른 미래를
열어갈 수 있겠지요

가을이 떠나기 전에

이 가을이
안녕을 고하고
우리 곁을 떠나기 전에
당신과 함께
행복한 추억 하나
가슴에 담고 싶습니다

추운 겨울이
찬바람을 몰고
우리 앞에 다가서기 전에
가을을 닮은
예쁜 풍경 하나
고운 사랑 빛으로
내 마음에
그려 넣고 싶습니다

사랑 한잔 그리움 한잔

내 작은 가슴엔
하얀 그리움이 너무 많아
굳은 다짐으로
돌아섰던 내 안에서
어느새 또다시
그대의 따스한 사랑을
그리워합니다

둘이서 마시던
에메랄드빛 작은 찻잔에
뜨겁게 끓어오른 물을 따르고
보고픈 마음으로 젓는
동그란 찻잔 속에는
그대의 얼굴이 원을 그리며
퍼져 갑니다

달빛 아래 앉아
환하게 지새우는 밤,
사랑 한잔 그리움 한잔으로
전해지는 그대의 향기는
이 밤도 무거운 그리움 되어
내 마음 깊은 곳까지
끝없이 커져만 갑니다

이별이란 말

있잖아!
이별이란 말
너무 가슴 아픈 말이거든
이제 다시는
그토록 매정하게
쏟아내는 말은 하지 마
내 마음이 아프다

알잖아!
네가 토해내는
짧은 두 글자가 얼마나
나를 슬프게 하는 말인지
바람처럼 사라지는
너의 뒷모습에
내 가슴은 비가 내린다

어디로 가야 하나

어둠이 걷히고
새 아침이 밝아오면
변함없이 떠오르는
붉은 태양처럼
내 가슴에도
밝은 빛이 비치면 좋겠다

가도 가도
끝이 보이지 않는
먼 이 길을,
오늘도 걷고
또 걸어가야만 한다

세상 어느 곳에도
날 오라고
손짓하는 곳 없고
내 마음 머물 곳 없는데
나 이젠
어디로 가야 하나

그대는 모르시더이다

그대의 다정한 미소와
따스한 손길이 그리워질 땐

마치 허공을 헤매 도는 듯한
깊은 외로움이
내 마음을 사로잡는다는 것을
그대는 모르시더이다

하루 또 하루
긴 기다림 속에서도
그대 잊지 못하고 보고 싶어 하는
애달픈 이 가슴도

그대는 모르시더이다.

그리움의 계절

한 잎 두 잎
바람에 떨어지는 나뭇잎이
내 가슴 속에
차곡차곡
그리움으로 쌓여간다

말없이 다가와
살며시 내 어깨를 감싸주던
따뜻한 사람
어쩌다 한 번이라도
만날 때면, 마냥 행복해하던
내 그리운 사람

긴 기다림마저도
고운 사랑의 빛으로 물들이며
내 마음을 사로잡은,
가을이오면
더욱 보고 싶어지는 사람

기다림

끝없는 기다림 만큼
가을은 고독한 계절인가,
너무나 그리웁고
보고 싶어 애가 타는
이 마음을 무엇으로
대신 채울 수 있을까

못난 미련 때문에
아직도 보내주지 못하고
붙들고만 있는
바보 같은 내 사랑을
어느 곳에
편히 쉬게 할까

보잘것없는 한 조각의
까만 숯덩이도
수만 년의 세월을 머금고
이 세상 최고의
아름다운
보석이 된다, 했던가

보고 싶은 사람이 있어

스산하게 불어오는
바람을 따라서
그대와 거닐던 이 길을
나 홀로 외로이 걸어갈 때면
가슴에 새겨진 그리운 얼굴
쓸쓸한 거리를 헤맨다

굳이 사랑이 아니어도
좋은, 그저 먼 발치에서
바라볼 수만 있어도
마냥 행복에 겨웠던 사람

지나온 세월 뒤돌아보면
입가엔 알 수 없는
쓴웃음이 맴돌고
오늘도 내 작은 가슴에는
보고 싶은 사람이 있어
그리움이 꿈틀거린다

함께 걷는 길

우연으로 만나
필연이 된 우리 사랑

당신을 사랑하고
당신의 사랑 받으며

오늘도
함께 걷는 이 길이
정녕 꿈만 같습니다

우리의 가을

우리의 가을은
고독을 즐기며 홀로 거니는
외로운 가슴이기보다는
오색 단풍처럼 곱게 물드는
예쁜 사랑이면 좋겠다

우리의 가을은
거리에 나뒹구는 쓸쓸한
낙엽 같은 사랑이기보다는
서로를 보듬어줄 수 있는
따뜻한 마음이면 좋겠다

우리의 가을은
그리움에 가슴 저미는
아픔의 시간이기보다는
둘이라서 더 아름다운
행복한 계절이면 좋겠다

임의 향기

어디서 날아드는
향기일까
저 먼 곳으로부터
바람에게 실려 온
그대의 체취인가

코끝으로 말려드는
낯설지 않은
이 느낌은, 그 언젠가
내 임에게서 느껴졌던
부드러운 꽃잎 향기

만날 수 없는
애달픈 그리움을
바람의 향기 따라
구름에 얹어 보내준
내 임의 사랑인가

사랑하며 살겠습니다

내게 주어진 오늘을
감사하며
사랑하며 살겠습니다

풀잎에 내려앉은
영롱한 아침 이슬처럼
살며시 내게 찾아온 인연 하나
소중히 간직하며 살겠습니다

때로는 거센 비바람과
세찬 눈보라가
내 앞을 가로막는다 해도

사랑이란 두 글자를
가슴에 담고
돌담 밑에 피어난 한 떨기
작은 꽃처럼, 어둠 속에서도
희망을 꽃피우며 살겠습니다

당신은 사랑입니다

김정원 시집

초판 1쇄 : 2016년 10월 20일

지 은 이 : 김정원

펴 낸 이 : 김락호

디자인 편집 : 이은희

기 획 : 시사랑음악사랑

인 쇄 : 청룡

연 락 처 : 1899-1341

홈페이지 주소 : www.poemmusic.net

E-Mail : poemarts@hanmail.net

정가 : 10,000원

ISBN : 979-11-86373-49-1